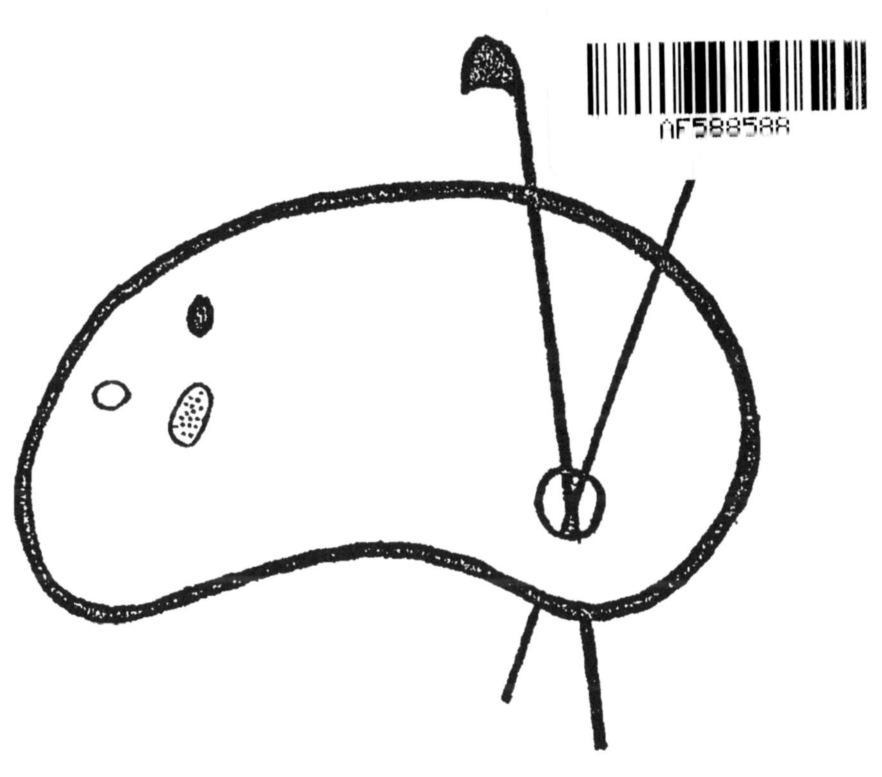

PORTRAITS DE FEMMES

XI

CHARLOTTE BRONTÉ

PAR

JEHANNE FOUCQUET

PARIS
LIBRAIRIE FISCHBACHER
(SOCIÉTÉ ANONYME)
33, RUE DE SEINE, 33
1899

Imprimerie alsacienne anct G. Fischbach, Strasbourg. 4380

CHARLOTTE BRONTÉ

PORTRAITS DE FEMMES

XI

CHARLOTTE BRONTÉ

PAR

JEHANNE FOUCQUET

PARIS
LIBRAIRIE FISCHBACHER
(SOCIÉTÉ ANONYME)
33, RUE DE SEINE, 33
1899

IMPR. ALSACIENNE ANC[t] G. FISCHBACH, STRASBOURG. — 4380

CHARLOTTE BRONTÉ

CHAPITRE Ier

SON ENFANCE

Le nom de Charlotte Bronté est vite devenu populaire, grâce à l'un de ses romans, *Jane Eyre*, dont le succès fut si grand, qu'en moins de deux ans il avait déjà atteint sa troisième édition et était traduit en plusieurs langues. Mais la vie de l'auteur est en général fort peu connue, et il nous a semblé que l'étude de ce caractère de femme pourrait ne pas être dépourvue d'intérêt pour des lecteurs français[1].

Charlotte Bronté, née en 1816, était la troisième fille d'un pasteur d'origine irlandaise, le Révérend Patrick Bronté. Celui-ci avait épousé Miss Maria Branwell, jeune femme douce et sérieuse, qui lui donna six enfants, fort rapprochés les uns des autres.

M. Bronté était bénéficiaire, à Haworth, dans le Yorkshire, d'une petite cure dont le revenu s'élevait à 170 livres sterling, c'est-à-dire, 4250 francs. Il s'y fixa en 1820 et y passa sa vie entière.

La jeune mère, étant presque toujours malade, ne pouvait guère s'occuper de ses enfants, et les pauvres petits menaient une vie bien triste. Ils étaient graves et silencieux. « On n'aurait jamais pu se douter qu'il y eût des enfants dans la maison, racontait un ami de la famille. Ils étaient si

[1] Mme Gaskell a publié, en 1857, une biographie très détaillée de Charlotte Bronté, où nous avons largement puisé.

tranquilles, si sages! Maria, l'aînée, qui avait sept ans à ce moment-là, s'installait souvent dans un coin avec un journal, s'absorbait dans sa lecture, et pouvait ensuite donner à sa famille un compte rendu fort exact de la dernière séance du Parlement.»

Il y avait cinq filles, Maria, Élisabeth, Charlotte, Émilie, Anne, et un fils, Patrick Branwell. La mère ne pouvait pas les garder longtemps auprès d'elle, et on leur avait appris à ne jamais déranger leur père quand il travaillait. Aussi les pauvres enfants vivaient-ils presque toujours seuls, prenant leurs repas dans la grande chambre qui leur était affectée, lisant, causant à demi-voix, et allant faire de longues promenades en se tenant par la main.

Ils avaient inventé, dans leur isolement, une foule de jeux appropriés à leur genre de vie. Aussitôt qu'ils surent lire et écrire, leur grand bonheur fut de composer et de représenter de petites pièces, dans lesquelles le duc de Wellington, le héros préféré de

Charlotte, avait toujours le beau rôle. Parfois s'élevaient des altercations sur les mérites respectifs de Wellington, de Napoléon Ier, d'Annibal et de Jules César, et ces enfants, habituellement fort calmes, se passionnaient si bien, que leur père était obligé de venir mettre fin à la discussion.

Mme Bronté, dont la santé avait toujours été chancelante, s'affaiblissait de plus en plus; elle mourut en 1821. Charlotte avait alors cinq ans et ne conserva de sa mère que quelques souvenirs fort confus.

Les enfants restèrent quelque temps seuls avec leur père, puis la sœur aînée de Mme Bronté, Miss Branwell, consentit à venir vivre au presbytère pour diriger la maison et s'occuper des orphelins. C'était une digne personne, décidée à accomplir consciencieusement la tâche dont elle se chargeait; mais elle arrivait en Yorkshire avec une foule de préjugés contre ce pays qui lui était inconnu. Elle n'avait pas l'habitude de s'occuper des enfants, ne savait pas prendre part à leurs plaisirs, à leurs chagrins, et ne parvint pas à se faire véritablement aimer. Elle apprit à ses nièces à coudre et à s'occuper du ménage; le père se réservait les leçons, et comme il avait en pédagogie les idées les plus excentriques qu'on puisse imaginer, la première éducation des orphelins fut assez bizarre et assez décousue. Mais cet arrangement ne devait être que provisoire.

Un an auparavant environ, on avait ouvert à Cowan Bridge, près de Leeds, un pensionnat spécialement destiné aux filles de pasteurs. Les conditions étaient modestes; le programme comprenait, outre les diverses branches des connaissances usuelles, un enseignement pratique, destiné à faire des élèves de bonnes ménagères. On apprenait aux élèves à coudre, à raccommoder, à repasser, à exécuter des ouvrages à l'aiguille fort variés. Un programme de cet établissement tomba entre les mains de M. Brontë; ce genre d'éducation lui plut, il fit entrer à Cowan Bridge Maria et Élisabeth, ses deux aînées, en juillet 1824, puis Charlotte et Émilie au mois de septembre suivant.

Charlotte Bronté a dit bien souvent par la suite, qu'elle n'aurait jamais parlé du pensionnat de Lowood dans son roman de *Jane Eyre,* si elle avait pu se douter qu'on y verrait immédiatement des allusions à sa vie d'élève de Cowan Bridge. La description est-elle exagérée? C'est probable, car un romancier, même avec le désir formel de se conformer à la stricte vérité, pousse toujours un peu au noir les tableaux qu'il veut rendre déplaisants. Cependant on peut affirmer, sans crainte de se tromper, que les quatre sœurs furent bien malheureuses pendant leurs années de pension.

Il est curieux, à notre époque où l'on se préoccupe tant de l'éducation des filles, où l'on songe tellement au bien-être des élèves, de rappeler ces tableaux d'un autre âge, et de montrer aux enfants qui voudraient se plaindre, comme tout a changé pour leur plus grand bénéfice.

La pension était installée dans un vieux bâtiment long et bas, humide et fort malsain. Mais à ce moment, on se préoccupait fort peu de l'hygiène des habitations, et beaucoup de pasteurs pauvres, enchantés de la création de ce pensionnat, s'empressèrent d'y envoyer leurs filles, sans se demander si elles s'y porteraient bien.

La nourriture était, paraît-il, de bonne qualité et toujours assez abondante. Au premier déjeuner, du gruau d'avoine (*oatmeal porridge*); un peu plus tard dans la matinée, un morceau de pain d'avoine (*oatcake*); au dîner de midi, du bœuf ou du mouton, soit rôti, soit bouilli, des pommes de terre et du pudding; puis, le soir, un goûter de pain et de lait. Tout cela aurait pu constituer un régime excellent, si la cuisinière n'avait pas été malpropre et négligente; mais à chaque instant elle laissait brûler la bouillie d'avoine, ou la servait pleine de fragments des substances les plus hétérogènes. Elle laissait fréquemment la viande se gâter, et d'anciennes élèves de la pension ont dépeint l'établissement comme sans cesse envahi par une odeur de graisse rance. On se servait, pour faire la cuisine, de l'eau d'une citerne poussiéreuse, et le lait était généralement aigre, parce qu'on le conservait dans des casseroles malpropres. Le samedi, les jeunes filles se trouvaient encore plus malheureuses que les autres jours : elles devaient manger les restes de viande de toute la semaine, hachés ensemble et recouverts d'une couche de pommes de terre écrasées. On devine combien une nourriture semblable déplaisait à des enfants habituées à une cuisine fort simple, mais toujours préparée avec la plus grande propreté. Les petites Bronté se passèrent bien souvent de manger, tant leur répugnance était grande pour tout ce qu'on leur servait. Elles n'étaient pas bien robustes, car elles venaient d'avoir la rougeole et la coqueluche, et le régime de la pension n'était pas précisément fait pour les rétablir.

Ce qui aggravait encore cet état de choses, c'était la façon dont il fallait passer la journée du dimanche. L'église à laquelle on conduisait les élèves de Cowan Bridge se trouvait à deux milles de la pension; en hiver, la course était bien longue pour des enfants toujours à moitié mortes de faim. L'édifice n'était pas chauffé : les moyens dont disposait la paroisse ne permettaient pas ce luxe. Comme la distance empêchait les jeunes filles de revenir à la pension pour le dîner, elles emportaient quelques provisions qu'elles mangeaient à la hâte entre les deux services, dans une pièce située au-dessus de la porte du temple. Tous ces arrangements étaient déplorables pour une enfant délicate comme Maria Bronté; aussi son état s'aggravait-il rapidement.

Elle fut, ainsi que sa sœur Élisabeth, en proie, pendant un certain temps, à une fièvre lente qui minait un grand nombre d'élèves de la pension. Les deux jeunes sœurs ne purent pas résister et moururent en 1825, à quelques mois d'intervalle.

Charlotte et Émilie passèrent encore un certain temps à Cowan Bridge, mais les maladies ne faisaient que se multiplier parmi les pensionnaires. M. Bronté se rendit enfin compte que ses deux filles étaient menacées du même sort que leurs aînées, et il les reprit chez lui avant l'hiver.

Hâtons-nous de dire que ces tristes événements attirèrent l'attention du personnel de Cowan Bridge sur une foule de détails, et que, peu après, il se produisit dans l'établissement beaucoup de réformes fort importantes au point de vue sanitaire.

Charlotte Bronté a été inspirée, en écrivant *Jane Eyre*, par de nombreux souvenirs de Cowan Bridge. Dans «Helen Burns», elle a si évidemment voulu faire revivre sa sœur Maria, que toutes les anciennes élèves de Cowan Bridge ont immédiatement reconnu le portrait. « Miss Scatcherd », l'une des maîtresses, est aussi, paraît-il, prise sur nature. Ces pénibles années ont fourni à Charlotte les pages les plus intéressantes de son livre, celles du moins où l'on a le mieux l'impression de la réalité.

CHAPITRE II

PREMIERS ESSAIS LITTÉRAIRES

A l'âge de neuf ans, Charlotte se retrouvait au presbytère : elle était maintenant l'aînée de la famille, et, bien qu'elle n'eût que dix-huit mois de plus qu'Émilie, elle se rendait parfaitement compte de ses devoirs envers ses jeunes sœurs. Elle prit tellement au sérieux son rôle de petite mère, et s'acquitta si consciencieusement de sa tâche, que cela la fit toujours paraître beaucoup plus âgée qu'elle ne l'était réellement.

Charlotte passa quelques paisibles années au sein de sa famille, prenant des leçons avec sa tante, se rendant fort utile dans le ménage, et n'ayant qu'un unique passe-temps : écrire. Romans, drames, poèmes, elle s'attaque à tous les genres, et en 1830, elle rédige une liste qu'on a retrouvée dans ses papiers et qu'elle intitule avec bonheur : *Catalogue de mes œuvres.*

Voici quelques titres, choisis au hasard dans cette énumération, qui surprendront certainement, si l'on songe que l'auteur avait alors.... quatorze ans !

Aventures d'Edward de Crack, récit.
Un Incident de la vie du duc de Wellington.
Les trois vieilles Blanchisseuses.
Études sur les grands hommes de notre époque.
Revue pour les jeunes gens, six numéros, août à décembre 1829.
Le Poète, drame, 1830.
Recueil de Poésies, id.
La Recherche du Bonheur.
Poésies variées, terminées en 1830, etc. etc.

L'ensemble de ces *œuvres* forme vingt-deux *volumes* ; or, comme chaque volume comprend environ de soixante à cent pages, et que le tout a été écrit en quinze mois, on peut se rendre compte de l'activité du jeune auteur.

Mme Gaskell, dans sa vie de Charlotte Bronté, trace ainsi le portrait de son héroïne à cette époque : « Elle était très petite, *rabougrie* comme elle le disait elle-même en riant, mais fort bien faite, avec des cheveux bruns, abondants et doux, et des yeux qu'il est difficile de définir. Ils étaient grands et beaux, d'un brun très particulier ; leur expression habituelle annonçait l'intelligence, le calme et l'attention ; mais de temps en temps, quand Charlotte éprouvait beaucoup d'intérêt, ou quand elle ressentait une vive indignation, ses yeux étincelaient, comme si une flamme s'était allumée soudain dans son regard. Elle était plutôt laide, mais les yeux et l'expression du visage faisaient bien oublier le gros nez et la bouche disgracieuse. Elle avait les pieds fort petits, « les plus petits que j'aie jamais vus », affirme

Mme Gaskell, les mains petites aussi; et les doigts, fins et déliés, avaient une telle délicatesse dans le toucher, qu'il n'était pas étonnant que tout ce qu'ils entreprenaient fût bien fait.

M. Bronté, ne jugeant pas suffisante l'instruction que sa fille avait reçue, la renvoya en pension, après un assez long intervalle passé au presbytère. En 1831, Charlotte entra dans une institution à Roe Head, sur la route de Leeds à Huddersfield. Cet établissement différait en tous points de celui de Cowan Bridge : les élèves, fort peu nombreuses, formaient plutôt une famille qu'une pension, et les conditions de la vie matérielle étaient des plus satisfaisantes. Ce fut là que Charlotte fit connaissance avec plusieurs jeunes filles qui devaient devenir ses amies intimes.

L'une d'elles raconte qu'à son arrivée, la nouvelle venue fut jugée fort ignorante sur bien des points. Mais, par contre, elle savait une foule de choses totalement étrangères aux autres élèves : ainsi, elle était au courant des questions politiques de l'époque, ce qui surprenait beaucoup ses compagnes.

On l'aima vite à la pension; les maîtresses étaient enchantées du grand désir d'apprendre qu'elle avait montré dès le début, tandis que les élèves appréciaient fort son aimable caractère et son talent de narratrice. Elle savait mettre tant de vie dans les histoires qu'elle racontait, qu'elle provoqua parfois des émotions violentes parmi celles qui venaient l'écouter.

Charlotte passa dix-huit mois à la pension et s'y trouva fort heureuse ; elle quitta l'établissement en 1832, ayant conquis l'affection de ses maîtresses et de ses compagnes. Elle s'était particulièrement liée avec deux jeunes filles, qui restèrent plus tard pour elle de fidèles correspondantes, et qui ont pu fournir, dans la suite, une foule de documents précieux sur la vie de notre héroïne.

Ces lettres nous font connaître une particularité frappante du caractère de Charlotte. Elle est toujours surprise de voir que ses amies continuent à penser à elle, à lui écrire, car elle ne comptait pas sur leur affection. Elle aime tendrement, mais sans jamais rien attendre en retour : son enfance si triste semble lui avoir absolument enlevé la notion de l'espoir. Si sa foi en Dieu ne l'avait pas soutenue toute sa vie, elle se serait souvent sentie bien malheureuse.

. . . .

Les années de pension écoulées, Charlotte revint à la vie calme du presbytère. Elle aimait surtout à lire, à dessiner et à faire de longues promenades seule avec Émilie et Anne.

Les trois sœurs s'efforçaient de remplir aussi bien que possible leurs devoirs de filles de pasteur : elles s'occupaient des pauvres, étaient pour l'École du dimanche du village des monitrices dévouées ; mais elles aimaient peu à fréquenter leurs semblables, et préféraient s'isoler dans la campagne.

A cette époque, Charlotte, toujours désireuse d'apprendre, entreprit de correspondre en français avec l'une de ses amies de pension, persuadée qu'elle ferait beaucoup de progrès. Les deux jeunes filles ne se rendaient évidemment pas compte que leur français n'était qu'une traduction absolument littérale des phrases anglaises qui leur venaient à l'esprit, et renfermait par conséquent bien des fautes.

Voici, par exemple, quelques fragments de cette lettre :

« J'arrivait à Haworth en parfaite sauveté, sans le moindre accident ou malheur. Mes petites sœurs couraient hors de la maison pour me rencontrer aussitôt que la voiture se fit voir, et elles m'embrassaient avec autant d'empressement et de plaisir comme si j'avais été absente pour plus d'an... C'est souvent l'ordre du Ciel que quand on a perdu un plaisir, il y en a un autre prêt à prendre sa place. Ainsi je venoit de partir de très chers amis, mais tout-à-l'heure je revins à des parents aussi chers et bons dans le moment.... etc...»

Charlotte lisait autant que cela lui était possible, s'employait beaucoup dans la maison, en un mot, menait une existence fort remplie.

Elle aurait été heureuse sans un grave sujet de préoccupation : l'avenir de son frère, car elle aurait voulu que celui-ci pût suivre une carrière à son choix. Or, comme il avait un certain talent pour la peinture et le dessin, toute sa famille le croyait destiné à devenir un grand peintre, et faisait dans cette intention tous les sacrifices possibles. Mais le jeune homme était paresseux, ne songeait qu'à son plaisir, et, bien loin de profiter des occasions qui lui étaient offertes, il ne fut jamais qu'un inutile.

Charlotte, par contre, voulait travailler, venir en aide aux siens. Au mois de juillet 1835, étant âgée d'un peu plus de dix-neuf ans, elle retourna à la pension de Roe Head, où on lui avait offert une place de sous-maîtresse, et se mit bravement à l'œuvre. Elle avait amené avec elle sa sœur Émilie, qui voulait encore étudier, mais qui fut tellement malheureuse loin de sa famille, qu'on fut obligé de la renvoyer à Haworth, et Anne vint la remplacer.

Charlotte s'acquitta consciencieusement de sa nouvelle tâche et sut vite se faire aimer de ses élèves, mais ce rôle de professeur ne lui plaisait qu'à demi. Elle avait toujours les mêmes ambitions littéraires et aurait voulu pouvoir passer sa vie à écrire. Elle ne s'en faisait du reste pas faute, quand elle avait un peu de liberté.

Aux vacances de Noël 1836, les trois sœurs, réunies au presbytère, se décidèrent à tenter un essai. Chacune d'elles composa quelques petites pièces de vers et Charlotte écrivit au poète Southey, pour lui soumettre ces productions. Mais elle ne reçut pas de réponse; les vacances s'écoulèrent, et elle dut reprendre ses occupations sans rien savoir de son envoi. Ce ne fut qu'en février 1837 qu'elle eut la réponse du poète. Celui-ci jette un peu d'eau froide sur ses illusions : il lui conseille de ne pas viser à la célébrité en écrivant des vers, mais de ne considérer la poésie que comme un exercice salutaire pour l'esprit et pour le cœur. La pauvre Charlotte, fort découragée par ces conseils, renonça pendant bien des mois à toute entreprise littéraire.

Dans le courant de l'année 1837, les soucis de la famille s'accrurent encore : la fidèle vieille servante, âgée de plus de soixante ans, se cassa la jambe sur la glace, au mois de décembre, et on la soigna au presbytère avec autant d'affection que si elle eût été la meilleure des amies. Cet état de choses amena un surcroît d'occupations qui empêcha bien souvent Charlotte d'écrire. Anne ne se portait pas bien à la pension, et le jeune frère menait toujours la même vie, essayant d'abord de peindre, puis renonçant complètement à la peinture, ne gagnant rien, et se laissant vivre sans aucun but bien précis.

Charlotte passa encore quelques mois à la pension, continuant à enseigner, mais sans beaucoup d'enthousiasme : évidemment, ni elle ni ses sœurs ne possédaient ce don de parler aux enfants, ce *tact sympathique*, comme l'appelle Mme Gaskell, qui rend la leçon agréable à la fois au professeur et à l'élève. Mais Charlotte savait que ce qu'elle gagnait ainsi était nécessaire à sa famille, et elle continuait courageusement la tâche entreprise.

Elle sentait si bien l'importance de ses devoirs envers les siens que, dans le courant de l'année 1839, elle refusa une demande en mariage.

Elle aurait pu épouser un jeune pasteur qui lui plaisait assez ; mais le mariage, disait-elle, n'entrait nullement dans ses plans d'avenir.

Elle trouva peu après une place d'institutrice. « Je fais tout ce que je peux pour être contente de ma situation, écrit-elle à une amie. J'ai essayé, au début, de dresser un peu ces enfants, mais j'ai bientôt découvert que c'était tout à fait impossible. Ils ne font que ce qu'ils veulent; une plainte à leur mère n'amène qu'un regard sévère à mon adresse, et les enfants sont excusés sur-le-champ..... Je me figurais, à un moment, que j'aimerais voir un peu de près les grandes gens; j'en ai eu vite assez de cette vie-là ! »

En effet, au bout de quelques mois, elle dut rentrer dans sa famille.

M. Bronté avait une mauvaise santé, la population de sa paroisse augmentait, il fallut à ce moment-là qu'il se fît aider par un suffragant, et on vit se succéder à Haworth toute une collection de jeunes pasteurs, dont Charlotte a tracé dans *Shirley* un portrait peu flatté. Ils amenaient sans cesse, paraît-il, des amis au presbytère, et avaient le talent d'arriver toujours à l'heure du thé : Charlotte s'est accordé, dans son livre, une innocente petite vengeance.

Elle refusa, vers cette époque, une autre demande en mariage, faite par un jeune pasteur irlandais qui ne l'avait vue qu'une seule fois et avait été conquis « *at first sight* »[1], comme on dit en anglais... « Mais, disait Charlotte, je suis faite pour rester vieille fille; je le sais, je m'y suis résignée depuis l'âge de douze ans. »

Mais si elle ne songeait pas au mariage, il y avait du moins un projet qu'elle n'abandonnait pas : écrire et faire connaître ce qu'elle écrirait.

Pendant l'hiver de 1839-40 qu'elle passa au presbytère, elle composa un roman et le soumit au poète Wordsworth; mais elle n'en était pas satisfaite, elle sentait qu'elle aurait pu faire mieux. Il ne reste de cet ouvrage que des fragments manuscrits, d'une écri-

[1] A première vue.

ture si fine qu'elle est presque impossible à lire. Avant d'écrire davantage, Charlotte avait encore besoin d'étudier soigneusement les choses et les personnes; le succès viendrait ensuite.

Chapitre III

L'HORIZON S'ÉLARGIT

En 1841, Charlotte et Anne avaient de nouveau trouvé des situations comme institutrices, mais elles ne les conservèrent pas longtemps. Leur frère avait obtenu une petite place dans les bureaux du chemin de fer : c'était un soulagement pour la famille. Aussi Charlotte se permit-elle de mettre à exécution un plan qui lui tenait au cœur. Elle voulait aller, avec sa sœur Émilie, étudier le français sur le continent, et bien qu'elle eût alors vingt-six ans, elle ne reculait pas devant l'idée d'entrer de nouveau dans un pensionnat.

On recommanda à M. Bronté l'établissement de Mme Héger, à Bruxelles. M. Héger a raconté depuis que, en recevant une lettre de Charlotte, s'informant des conditions, craignant de ne pouvoir pas payer le prix demandé et montrant en même temps un tel désir d'apprendre, lui et sa femme, touchés par cette ardeur, avaient fait aux deux sœurs des conditions plus modérées que celles qu'ils exigeaient habituellement.

M. Bronté conduisit ses filles à Bruxelles, et les deux sœurs se mirent à étudier avec ardeur : elles étaient venues pour apprendre, elles ne songeaient qu'à apprendre. Il leur fallait, toutefois, un sentiment bien vif du devoir à accomplir, pour qu'elles osassent se risquer à parler français, à causer un peu avec ceux qui les entouraient, car elles étaient toutes deux excessivement timides.

Quoi d'étonnant, du reste, qu'elles se sentissent peu à l'aise dans un milieu si totalement différent de celui où elles avaient passé leur vie ?... « Tout le monde est catholique, ici, écrivait Charlotte, excepté nous, une autre élève, et la gouvernante des enfants de Madame, qui est Anglaise. La différence de religion et de nationalité trace une ligne de démarcation entre nous et le reste des jeunes filles. Nous sommes complètement isolées au milieu de la multitude. Cependant, ajoutait-elle, je ne me trouve pas malheureuse, je préfère de beaucoup ma vie actuelle à la vie d'institutrice. Le temps ne passe que trop vite! »

M. Héger, le mari de la directrice, se chargea lui-même de faire étudier sérieusement le français aux demoiselles Brontë : il leur lisait des passages des grands écrivains et leur donnait des sujets de rédactions. Charlotte écrivit à ce moment-là un *Portrait de Pierre l'Hermite*, qui renferme encore beaucoup de fautes, mais qui dénote cependant une assez grande facilité dans l'usage de la langue française. Comme la jeune fille devait écrire ses devoirs sans grammaire ni dictionnaire, on peut considérer comme remarquables les progrès accomplis en quelques mois. Quand on lui laissait le choix des sujets, elle les prenait souvent dans l'Ancien Testament, dont les scènes lui étaient tout à fait familières, car, suivant l'expression de M. Héger, « elle était nourrie de la Bible ». Elle écrivit, par exemple, la *Mort de Moïse sur le Mont Nébo*, et, se laissant entraîner par son imagination, parla avec beaucoup de vie et de chaleur de l'avenir du peuple d'Israël, entrevu par le vieillard dans une vision prophétique.

Quand les deux sœurs eurent passé six mois dans l'établissement, la directrice leur proposa d'y rester au pair et de payer leur pension en donnant des leçons d'anglais et de musique. Cette offre tenta fort Charlotte. Non que la religion catholique lui fût devenue moins antipathique, bien au contraire !...

« On dit, écrivait elle à cette époque, qu'il

n'est pas bon pour de jeunes protestantes de rester longtemps dans un établissement catholique, parce qu'elles se laissent facilement entraîner à changer de religion. Le conseil que je donnerais, moi, à toutes les protestantes qui se sentent tentées de devenir catholiques, c'est de se transporter sur le continent, d'assister fréquemment à la messe pendant un certain temps, de bien noter toutes les mômeries qu'elles y verront, et alors, si elles peuvent encore ne pas considérer le papisme comme de l'enfantillage et de la bêtise, eh bien! qu'elles deviennent catholiques tout de suite, c'est ce qu'elles auront de mieux à faire! »

Les deux sœurs étaient venues à Bruxelles avec l'intention d'y passer six mois; mais l'offre de Mme Héger modifia leurs projets, et à l'époque des grandes vacances, elles restèrent à la pension avec six ou sept autres élèves, au nombre desquelles se trouvaient quelques jeunes Anglaises. Elles continuaient leurs études avec la plus grande application et se trouvaient fort heureuses, quand elles apprirent soudain que leur tante, Miss Branwell, était dangereusement malade. Elles décidèrent de retourner immédiatement en Angleterre, se demandant si elles reverraient jamais Bruxelles. Le matin même du jour où elles devaient partir, elles apprirent la mort de leur tante. Elles retournèrent en Angleterre le plus vite possible, mais ne purent arriver à Haworth qu'après l'enterrement. Toute la famille était fort triste; Miss Branwell avait vécu près de vingt ans au presbytère et sa mort faisait un grand vide. La bonne tante laissait à ses nièces le peu qu'elle possédait, et celles-ci revinrent aussitôt à leur projet favori : faire de grandes améliorations au presbytère, et y recevoir des élèves ou des pensionnaires, afin de pouvoir rester toutes ensemble.

Mais M. Bronté reçut de M. Héger une lettre, offrant de nouveau à Charlotte la place de professeur d'anglais à la pension, lettre si cordiale, montrant à quel point lui et sa femme aimaient la jeune fille, que celle-ci se décida vite à retourner à Bruxelles. Quant à Émilie, elle était plutôt faite pour rester à la maison : sa grande timidité la rendait vraiment malheureuse parmi des étrangers.

Les trois sœurs passèrent ensemble les vacances de Noël et apprécièrent beaucoup leur réunion, puis, à la fin de janvier, Charlotte repartit seule pour la Belgique et fut bientôt installée dans ses nouvelles fonctions.

Elle devait toucher quatre cents francs par an, mais on déduirait de cette somme le prix des leçons d'allemand qu'elle continuait à prendre et qui coûtaient dix francs par mois. M. et Mme Héger lui offrirent de venir assister à ses cours d'anglais pour maintenir la discipline parmi les élèves; mais Charlotte refusa, disant qu'elle aimait mieux n'être redevable à personne de l'ordre et de la bonne tenue de sa classe. En dehors de ses heures de leçons, elle devait jouer le rôle de surveillante dans la première division; aussi, à partir de ce moment, M. Héger eut-il soin que toute la maison l'appelât: *Mademoiselle Charlotte.*

Elle continuait ses études, travaillant surtout l'allemand et la littérature. Tous les dimanches, elle se rendait seule à la chapelle anglicane et à la chapelle allemande. Elle se promenait presque toujours seule, et cette grande solitude ne lui était pas bonne : elle n'était que trop disposée à se replier sur elle-même et à souffrir en silence.

Sa position était des plus délicates, car elle se trouvait à la fois élève et professeur, mais elle sut toujours tenir sa place. Elle conservait une admirable égalité d'humeur, on ne la vit jamais un instant en colère. Quand ses élèves étaient distraites ou impertinentes, elle rougissait légèrement; ses yeux brillaient, et elle parlait d'un ton plus décidé, sans laisser voir qu'elle était vexée;

mais son calme et sa patience réussissaient mieux avec les petites filles que les sévères gronderies des autres maîtresses. Elle n'inspira jamais une de ces adorations que les enfants ressentent parfois pour ceux qui les instruisent: on la trouvait trop calme et trop silencieuse, mais tout le monde la respectait.

« Je ne suis pas surchargée d'occupations, écrit-elle, j'ai le temps de travailler mon allemand; je dois donc me considérer comme bien partagée et être reconnaissante du sort qui m'est assigné. J'espère que je suis reconnaissante: si je pouvais conserver mon entrain et ne pas me sentir seule, tout irait bien. »

Ne pas se sentir seule, voilà, en effet, ce qu'il aurait fallu à Charlotte; mais, malheureusement, il lui arrivait à maintes reprises de se sentir au contraire absolument seule. Elle n'avait plus sa sœur auprès d'elle; les amis qu'elle allait, au début, voir toutes les semaines, quittaient Bruxelles; elle n'aurait plus cette précieuse ressource pour les jours de congé. De plus, sa santé était toujours chancelante, et ses élèves, bien qu'elle ne s'en plaignît jamais, la fatiguaient souvent beaucoup.

On avait, paraît-il, trouvé fort extraordinaire qu'elle consentît à rester à Bruxelles dans d'aussi modestes conditions, et on avait charitablement fait courir le bruit qu'elle avait l'espoir de trouver un mari sur le continent. Cette supposition l'indigna. «Si on savait quelle vie retirée je mène, disait-elle à une amie, si on savait que je n'échange jamais un mot avec un homme, à part M. Héger (et encore, cela ne m'arrive-t-il pas bien souvent), j'espère qu'on renoncerait vite à une idée aussi absurde! Je ne crois certes pas que ce soit un crime de désirer se marier, mais je trouve que c'est une bêtise, pour une femme qui n'a ni fortune, ni beauté, de faire du mariage le but de tous ses désirs, de ne pas savoir se rendre compte qu'elle manque d'attraits et qu'elle ferait mieux de penser à autre chose. »

Charlotte « pensait donc à autre chose », suivant son expression; elle travaillait son français et faisait des progrès remarquables. Mais elle fut obligée de passer les grandes vacances de 1843 seule, à la pension, avec une des maîtresses qui lui était antipathique, et elle souffrit tant de cet état de choses que sa santé devint de plus en plus faible : elle était rongée par une sorte de fièvre nerveuse. Il lui était, pour ainsi dire, impossible de dormir ; tout ce qui lui avait été pénible pendant la journée, lui revenait à l'esprit durant les longues nuits. Le jour, elle essayait de marcher jusqu'à ce qu'elle fût exténuée, si bien qu'elle fut enfin obligée de garder le lit pendant un certain temps. Ce repos forcé lui fut salutaire, et quand les classes recommencèrent au mois d'octobre, elle allait un peu mieux. Mais ces vacances lui avaient paru si pénibles qu'à plusieurs reprises elle avait songé à quitter la pension, qu'il avait fallu la véhémente opposition manifestée par M. Héger pour l'amener à patienter encore. Elle avait le mal du pays, elle ne pouvait plus rester loin des siens; aussi était-elle décidée à partir dès qu'elle saurait bien l'allemand.

Chose curieuse! Mme Héger, qui avait été pour Charlotte si bonne, si maternelle, au début de son arrivée à la pension, semblait ne plus avoir aucune affection pour elle. Et quelle était la raison de ce changement? C'était l'horreur toujours croissante qu'éprouvait la jeune fille pour toutes les cérémonies catholiques. Or, Mme Héger était non seulement catholique, mais dévote, et se laissait guider par son confesseur. Avait-elle espéré convertir Charlotte? Elle ne l'a jamais dit et s'est bornée à faire comprendre à la jeune Anglaise que cette antipathie la blessait profondément. La froideur de Mme Héger rendait la situation encore plus pénible.

Les nouvelles d'Angleterre n'étaient pas faites pour consoler Charlotte. Branwell menait toujours la même vie et inquiétait beaucoup sa famille; mais ce qu'il y avait de plus triste, c'est que M. Bronté sentait sa vue s'affaiblir rapidement; il allait sans doute devenir aveugle. Il avait été obligé de prendre un suffragant, et avec sa générosité habituelle, il le payait si largement qu'il faisait une brèche considérable dans ses revenus.

Charlotte travailla encore avec ardeur pendant la fin de l'année 1843, puis annonça soudain à Mme Héger qu'elle était décidée à retourner en Angleterre. Elle allégua, comme raison, l'état de santé de son père et parla de nouveau de son plan d'avoir des élèves. M. Héger lui donna une sorte de diplôme, avec le timbre de l'Athénée royal de Bruxelles, diplôme constatant qu'elle savait assez la langue française pour être parfaitement capable de l'enseigner.

Charlotte quitta Bruxelles dans les derniers jours de décembre 1843 et se retrouva au milieu de sa famille le 2 janvier 1844, ayant fait à la pension une foule d'expériences qui devaient lui être fort utiles par la suite.

Chapitre IV

NOUVEAUX CHAGRINS

Haworth fit à Charlotte l'effet d'un endroit bien tranquille et bien solitaire, tout à fait séparé du reste du monde. Qu'allait-elle pouvoir y faire? Car il fallait gagner sa vie, elle le savait bien; c'était une idée qui ne l'abandonnait jamais. Elle songeait à ouvrir une pension, ou tout au moins à recevoir au presbytère un nombre limité d'élèves. Dans cette intention, elle écrivit à une dame chez qui elle avait été institutrice, pour lui faire part de son projet. Elle reçut une réponse fort aimable, disant qu'il était grand dommage qu'on n'eût pas été informé plus tôt de ses intentions, car on venait de promettre la petite fille de la maison à la directrice d'un pensionnat. Elle fit une tentative dans une autre famille : second désappointement, on venait d'envoyer les enfants à Liverpool !

Ainsi, le projet échouait complètement ; mais il est probable qu'en leur for intérieur, les demoiselles Brontë ne le regrettaient pas outre mesure, surtout quand elles songeaient aux immenses changements qui se seraient accomplis dans leur existence. Puis, elles n'auraient pas voulu que des enfants étrangères eussent le moindre contact avec leur frère Branwell, auquel le presbytère servait assez souvent de refuge. Le jeune homme avait trouvé une position de précepteur dans la famille où Anne avait été institutrice. En 1845 il arriva chez lui pour les vacances, comme à contre-cœur ; il y resta aussi peu que possible, étonnant et chagrinant sa famille par sa conduite extraordinaire, se montrant tour à tour d'une gaîté folle ou d'une profonde mélancolie.

Mme Gaskell, dans sa *Vie de Charlotte Bronté,* déclare qu'il lui est impossible d'expliquer quoi que ce soit au sujet de Branwell, mais on se figure facilement que la vie qu'il avait menée jusque-là n'avait pas dû être précisément irréprochable.

La pauvre Charlotte trouvait l'existence à Haworth bien triste au début de l'année 1845: « Les jours se suivent et se ressemblent, écrivait-elle à ce moment-là. Impossible de se rendre compte de la façon dont le temps passe... et il passe pourtant! A une époque, Haworth était pour moi un séjour fort agréable; à présent, il me semble que je suis enfermée dans une tombe. »

Ce découragement était bien explicable: elle avait tant de sujets de chagrin! Son père était devenu presque complètement aveugle, et sans trop oser se l'avouer, Charlotte se sentait menacée du même sort. «Si j'écrivais beaucoup, je perdrais la vue,» disait-elle à Mme Héger.

Aussi elle écrivait fort peu, ménageant ses yeux le plus possible, afin de pouvoir faire la lecture à son père. Elle venait souvent s'installer avec son tricot près du vieillard, dont le caractère était devenu fort irritable depuis qu'il ne pouvait plus ni lire ni écrire. Il avait trois suffragants et se rendait compte que bientôt il ne serait plus rien dans la paroisse.

La conduite de Branwell était une autre source de chagrin. Le jeune homme avait perdu sa place de précepteur. Le père de son élève l'avait renvoyé en lui déclarant qu'il ne voulait plus avoir à l'avenir le moindre rapport avec lui. Ce fut un coup terrible pour le père et les sœurs de Branwell.

« Je n'écris plus, parce que je n'ai rien de bon à raconter, disait Charlotte dans une lettre. Nous avions cru un instant que Branwell pourrait trouver une place..... mais la place est déjà donnée à un autre! Il va donc encore rester à la maison, et je ne veux pas vous inviter à venir nous voir pendant qu'il est là. »

Cette existence misérable devait se terminer misérablement. Pendant les trois dernières années de sa vie, Branwell se mit à prendre de l'opium et à boire pour oublier tous ses malheurs. Il avait des ruses incroyables pour se procurer le poison à l'insu de sa famille: aussi, peu de temps avant sa mort, il avait fréquemment de terribles attaques de *delirium tremens.* Ses sœurs épouvantées croyaient alors qu'il allait ou se tuer ou tuer son père, et s'attendaient à chaque instant à entendre le bruit d'un coup de pistolet.

. . . .

Pendant cette triste période de sa vie, Charlotte allait pourtant sentir s'éveiller en elle un intérêt tout nouveau.

« Un jour, raconte-t-elle, dans l'automne de 1845, je découvris par hasard un cahier rempli de vers de l'écriture de ma sœur Émilie. Je ne fus pas surprise, je savais qu'elle était capable de faire des vers, qu'elle en avait déjà composé. Je regardai ce recueil, et je fus bientôt convaincue que ce n'étaient point là des banalités, que cela ne ressemblait pas le moins du monde aux vers qu'écrivent en général les femmes. Je les trouvais forts et bien pensés. Ma sœur Émilie était tellement réservée qu'elle ne laissait jamais entrevoir à personne ce que renfermait son esprit. Il fallut des heures pour la réconcilier avec l'idée que j'avais lu ces vers, et des jours pour lui persuader qu'ils valaient la peine d'être publiés. »

Mais Anne, moins timide que sa sœur, soumit volontiers à Charlotte les poésies qu'elle avait composées. Celle-ci était un juge bien partial, elle en convenait; elle trouvait un grand charme à ces vers. Depuis longtemps les trois sœurs rêvaient de faire paraître quelque chose écrit par elles. Elles résolurent donc de choisir parmi leurs poésies celles qui leur sembleraient les meilleures, et de faire imprimer ce recueil, si c'était possible. Elles prirent comme pseudonymes *Currer Bell*, *Ellis Bell* et *Acton Bell*, noms fort bizarres assurément. Mais les jeunes filles les avaient choisis parce qu'elles ne se souciaient pas de voir s'étaler sur la couverture de leur livre des prénoms franchement masculins, et d'un autre côté, elles avaient une certaine fausse honte à montrer qu'elles étaient des femmes.

« Comme on pouvait s'y attendre, raconte Charlotte, il nous fut bien difficile de placer notre petit livre. Personne ne se souciait de nos œuvres. Il était presque impossible d'obtenir des éditeurs une réponse quelconque. »

Ces tentatives littéraires étonnaient fort la population de Haworth. On se demandait avec surprise ce que les jeunes demoiselles pouvaient bien faire de tant de papier à écrire, et le papetier du village déclarait qu'il avait toujours peur de se trouver à court, il fallait leur en fournir si souvent!

Après bien des essais infructueux, on parvint à faire accepter les poésies par MM. Aylott et James dans Paternoster Row, qui voulurent bien publier le volume... aux frais des jeunes auteurs, bien entendu. Charlotte s'était chargée de la correspondance avec les éditeurs et reçut d'eux des lettres adressées à Ch. Bronté Esq.[1] qui faisaient son bonheur. Cependant, comme cette erreur créa un jour une petite difficulté, Charlotte dut se résigner à faire connaître son sexe et informa MM. Aylott et James que Currer, Ellis et Acton Bell avaient toutes trois commencé à écrire en prose à leur intention. Le volume de vers parut en mai 1846, et Charlotte

[1] *Esq.* est une abréviation du mot *Esquire* et s'emploie comme terme de politesse dans l'adresse d'une lettre destinée à un *gentleman*. Si on met *Esq.*, on ne met pas *Mr.*

en envoya des exemplaires à des journaux et à des revues, tels que l'*Atheneum*, la *Gazette littéraire*, la *Critique*, le *Times*. L'*Atheneum* du 4 juillet voulut bien consacrer un paragraphe au recueil de poésies. Le journaliste décerne à Ellis Bell le premier rang parmi *les trois frères*, ainsi qu'il appelle les auteurs. « C'est un esprit distingué, dit-il, qui parviendra à s'élever beaucoup plus haut, quand il fera un nouvel essai. » Currer Bell vient en second, entre Ellis et Acton. On peut se figurer l'intérêt que provoquait cet article au presbytère d'Haworth. Les trois sœurs y puisèrent sans doute des encouragements et des directions.

Le petit volume, comme on pouvait s'y attendre, se vendit fort peu. Au mois de juillet, Charlotte, qui s'était informée auprès des éditeurs du nombre d'exemplaires écoulés, les pria de remettre à plus tard les annonces, « puisque la saison n'était pas favorable ». En septembre, elle dit avec découragement: « Comme on n'en a plus parlé dans aucune revue, je suppose que la vente n'a pas beaucoup marché. » Bien des modestes espérances, fondées sur le succès de ce recueil, étaient destinées à s'évanouir... et à prouver une fois de plus que la poésie n'enrichit pas souvent ses adeptes.

Cependant, Charlotte ne se laissa pas dominer par ce désappointement et se remit au travail avec ardeur.

Chapitre V

TRAVAUX LITTÉRAIRES

Les trois sœurs, pensant que leur prose serait peut-être plus appréciée que leurs vers, recommencèrent à écrire, et en 1846 chacune d'elles put envoyer *son roman* aux éditeurs, MM. Aylott. Celui d'Émilie se nommait *Wuthering Heights* [1], et celui d'Anne, *Agnès Grey*. Quant à celui de Charlotte, qui parut quelques mois après, c'est *The Professor* (Le Professeur), ouvrage in-

[1] Les Collines de Wuthering.

férieur sans doute à ceux qu'elle publia ensuite, mais qui révèle déjà de sérieuses qualités littéraires. Il y a même dans ce récit certains passages qu'elle ne dépassa jamais en vigueur et en grâce. Quand elle écrivit *Le Professeur*, elle était revenue de l'idéalisme exagéré de sa jeunesse et cherchait à rendre ses personnages aussi réels que possible.

Les manuscrits durent faire bien des voyages avant de pouvoir trouver un sort. Celui du *Professeur* fut renvoyé à Charlotte dans des circonstances particulièrement pénibles : il lui revint le jour même où son père, devenu presque complètement aveugle, se soumettait, après bien des résistances, à subir l'opération de la cataracte. Charlotte avait accompagné le vieillard à Manchester, où on l'avait opéré, et, sans perdre courage, non seulement elle envoya sur-le-champ son manuscrit à un autre éditeur, mais de plus, dans ce milieu peu favorable, semblait-il, à la composition littéraire, elle commençait son livre *Jane Eyre.*

Écrivait-elle facilement? Cela dépendait, en général, d'une foule de circonstances: parfois des semaines et des mois s'écoulaient sans qu'elle fût capable d'ajouter une seule ligne au récit commencé. Puis, soudain, un matin, à son réveil, la suite du roman lui apparaissait claire et nette; alors elle s'acquittait aussi vite que possible de ses devoirs de ménagère et s'installait à écrire. Mais quelque brillante que pût être l'inspiration, Charlotte ne se laissait jamais absorber au point d'oublier les exigences de la vie pratique, et, était toujours prête à poser la plume pour rendre service à ceux qui avaient besoin d'elle.

On peut, à ce sujet, citer un trait touchant. Tabby, la vieille servante, qui ne pouvait plus travailler et que l'on gardait cependant au presbytère, s'était, afin de ne pas se sentir complètement inutile, réservé le droit de peler les pommes de terre. Mais comme sa vue s'affaiblissait beaucoup, elle ne les pelait pas très bien et y laissait fréquemment ces taches noires qu'on appelle les *yeux*. Alors Charlotte, fût-elle plongée aussi profondément que possible dans ses travaux littéraires, les abandonnait pour venir sans bruit chercher les pommes de terre, enlever les *yeux* et remettre tout en place sans que Tabby s'en aperçût, car elle aurait été bien triste à l'idée qu'elle ne pouvait plus rien faire convenablement.

Bien que Charlotte fût fort occupée, elle trouvait cependant le temps d'écrire, et son livre, *Jane Eyre*, avançait assez rapidement. Elle avait eu, au sujet de son héroïne, de grandes discussions avec ses sœurs : celles-ci prétendaient qu'il fallait absolument que les jeunes filles figurant dans un livre fussent très belles, que si on les faisait laides, les lecteurs n'éprouvaient pour elles aucun intérêt. — « Eh bien! répondit Charlotte, je veux vous prouver que vous avez tort : je vais mettre en scène une héroïne petite et laide comme moi, et vous verrez qu'elle sera aussi intéressante que n'importe laquelle de vos belles dames... » Elle ne se trompait pas ; le succès de son roman lui a donné raison.

Wuthering Heights et *Agnès Grey* avaient été acceptés par un éditeur, mais à des conditions fort peu avantageuses, tandis que le *Professeur* semblait ne pouvoir convenir à personne. Et les trois sœurs, souvent bien découragées, menaient toujours la même vie, se consacrant à leur père, faisant tout ce qui était en leur pouvoir pour qu'il conservât le peu de vue qui lui restait encore, s'employant dans la paroisse, visitant les écoles, se rendant, en un mot, fort utiles. Il est souvent arrivé à Charlotte d'abréger les rares séjours chez une amie, qui étaient les points lumineux de son existence, et de rentrer plus tôt à Haworth, afin de ne pas manquer l'école du dimanche, où elle était depuis si longtemps une monitrice dévouée.

« Je comprends, écrivait-elle un jour à l'une de ses correspondantes, qui lui avait demandé son avis au sujet d'une décision à prendre, je comprends que vous ayez de la peine à vous décider. Eh bien! je vais vous dire quelle est ma conviction intime en ce cas-là : le chemin qu'il faut choisir est celui qui exige de nous le plus de sacrifices... Cette voie-là mène par la suite à la prospérité et au bonheur, quoiqu'elle semble, au début, prendre une direction tout opposée. »

Ces quelques lignes résument la règle de conduite à laquelle Charlotte s'est conformée pendant toute sa vie : souvent, en effet, elle a eu à s'imposer bien des sacrifices, et elle l'a toujours fait joyeusement, heureuse de mériter l'approbation de sa conscience.

Charlotte n'avait pas parlé à son père de sa nouvelle entreprise : celui-ci savait que sa fille s'amusait quelquefois à écrire, mais il ne s'était jamais informé de ce qu'elle composait. Au mois d'août 1847, Charlotte envoya *Jane Eyre* terminé à MM. Smith et Elder, éditeurs, les priant d'adresser leur réponse à *M. Currer Bell, aux soins de Miss Bronté.*

Cet ouvrage excita un vif intérêt chez ceux qui furent chargés de le lire et d'en rendre compte. L'un d'eux, un Écossais fort peu enthousiaste, paraît-il, se laissa tellement captiver par sa lecture, qu'il fut très surpris en s'apercevant tout à coup qu'il avait lu jusqu'au milieu de la nuit.

Jane Eyre parut au mois d'octobre 1847, et les hommes de lettres auxquels Miss Bronté en envoya des exemplaires, adressèrent à l'auteur des félicitations fort sincères. La plupart des revues consacrèrent au roman de petits articles, où l'on rendait justice au remarquable talent de l'auteur; mais le public n'eut pas besoin de l'opinion de la presse pour se faire la sienne: dès le mois de décembre le livre fut enlevé.

Charlotte se décida enfin à montrer à son

père le fruit de ses travaux. Elle alla le trouver dans son cabinet, chargée de son roman et de quelques numéros de revues.

— Papa, dit-elle, j'ai écrit un livre.

— Vraiment, ma chère?

— Oui, et je voudrais bien vous le faire lire.

— Mais cela me fatiguera trop les yeux.

— Oh! ce n'est pas un manuscrit, c'est imprimé.

— Ma chère enfant, comment avez-vous pu songer à faire imprimer un livre? Je suis sûr que ce sera de l'argent perdu. Comment ce livre se vendrait-il? Personne ne vous connaît.

— Non, papa, je ne pense pas que ce soit de l'argent perdu, et je pense que vous serez de mon avis, si vous voulez seulement me laisser vous lire ce qu'on dit de ce livre dans deux ou trois revues.

Elle lui lut donc les comptes rendus et lui laissa le volume, dans lequel il se plongea. Lorsqu'il vint rejoindre la famille à l'heure du thé, il dit: «Mes enfants, savez-vous que Charlotte a écrit un livre, et qu'il est beaucoup meilleur qu'on n'aurait pu le croire?»

Il coupa soigneusement tous les articles de revues où l'on parlait de *Jane Eyre*, et les conserva, très fier du succès de sa fille. Il trouvait fort comiques les recherches faites par le public pour découvrir le véritable nom de ce Currer Bell, qui n'était, de l'avis de tous, qu'un pseudonyme.

Le roman de *Jane Eyre* est si connu, grâce aux traductions qui en ont été faites, qu'il est inutile d'en parler longuement. On sait que ce n'est pas une autobiographie, que Charlotte a pu raconter des choses vraies, mais en y ajoutant à la réalité des faits de son invention, des personnages créés par elle. Cependant, la première partie du livre, celle qui raconte la vie de pension de l'héroïne, se rapproche évidemment beaucoup de la réalité. Comme Daudet dans *Le Petit Chose*, Miss Bronté a su combiner la fiction et la réalité, de manière à ce que tout paraisse également vrai ou également bien inventé.

Charlotte était heureuse de ce succès, à bien des points de vue. En effet, si son livre se vendait bien, ne lui serait-il pas possible de réaliser quelques-uns des beaux projets qu'elle avait formés pour le rétablissement d'Anne, dont la santé, toujours chancelante, était une cause constante d'inquiétudes pour sa famille. La pauvre jeune fille menait une vie beaucoup trop sédentaire, se tenant constamment penchée sur son livre, son ouvrage ou son pupitre. Il était fort difficile de la décider à prendre de l'exercice, ou même de la faire un peu causer pour la distraire. « Mais, disait Charlotte, j'attends l'été avec impatience; j'ai la ferme intention de l'emmener au bord de la mer, ne serait-ce que pour un tout petit séjour. » Tel était l'emploi qu'elle comptait faire de son argent si péniblement gagné. Elle voyait dépérir sa sœur, cette petite sœur qu'elle aimait tant; sa consolation était de songer qu'au moins elle pourrait lui être utile.

En décembre 1847, parurent *Wuthering Heights* et *Agnès Grey*, les romans écrits par Émilie et Anne, mais l'accueil qu'on fit à ces deux ouvrages ne fut pas des plus favorables. On crut que *Wuthering Heights* était un premier essai de l'auteur de *Jane Eyre*, essai qu'on ne se fit pas faute de critiquer. Certes, Émilie et Anne Bronté avaient du talent, mais ce talent était encore fruste et inférieur à celui de Charlotte. Elles seraient sans doute arrivées à faire beaucoup mieux dans la suite, leur sœur l'a affirmé bien souvent.

A partir de cette époque, Charlotte réserva régulièrement quelques heures de la journée à ses travaux littéraires. Elle était fort occupée dans la maison, et trouver du temps pour écrire n'était pas précisément chose aisée. Mais notre héroïne était vaillante, comme on a déjà pu s'en rendre compte; elle savait qu'un talent lui avait été donné, qu'il fallait le faire valoir et ne pas allumer la lampe pour la mettre sous le boisseau. Mais elle sentait bien que la femme qui écrit n'a pas le droit d'abandonner sa tâche au milieu de sa famille; aussi restait-elle fidèle aux devoirs domestiques.

Les occupations de toute sorte ne lui manquèrent pas pendant l'hiver de 1847-48. L'*influenza* avait atteint la plupart des habitants du village, et le pasteur et ses filles, fidèles à leurs habitudes, étaient toujours prêts à aller voir les malades, tous ceux qui pouvaient avoir besoin d'eux. L'épidémie ne les avait pas épargnés; Anne avait été longtemps souffrante, ce qui avait encore augmenté les préoccupations de sa sœur aînée.

Comme auteur, celle-ci était également fort occupée, ayant entrepris un nouveau travail. Chose curieuse! personne en dehors de sa famille ne savait d'une façon certaine qu'elle était l'auteur de *Jane Eyre*. Son amie la plus intime, pour laquelle Charlotte n'avait eu jusque-là aucun secret, se doutait bien un peu de la chose, mais devait se borner à des suppositions.

Charlotte déclare, du reste, dans plusieurs lettres, que personne n'a le droit d'affirmer ou même de supposer qu'elle ait écrit un livre. On aurait vraiment pu croire qu'elle avait honte d'être l'auteur de ce fameux roman. Mais elle avait, paraît-il, promis à ses sœurs de garder l'incognito pendant quelque temps encore.

Il fallut bien, cependant, en arriver à se faire connaître. Anne avait écrit un second roman qu'elle désirait vivement publier, et au mois de juin 1849, elle accompagna Charlotte à Londres, espérant pouvoir placer son œuvre. Les deux sœurs provoquèrent, paraît-il, une vive surprise parmi les éditeurs, qui ne pouvaient admettre que ces deux jeunes demoiselles, si petites et si maigres, fussent Currer et Acton Bell qu'ils avaient tant cherché à découvrir. Quand Charlotte montra à M. Smith les lettres qu'elle avait reçues de lui, celui-ci lui demanda, très surpris : « Où vous êtes-vous procuré ces papiers? » Mais quand il fut bien convaincu de l'identité des deux auteurs, il se montra pour elles fort aimable et fort complaisant, s'offrant à les guider dans Londres, leur faisant visiter plusieurs monuments, en un mot, s'ingéniant à rendre leur séjour agréable.

Les demoiselles Brontë jouirent beaucoup de ce petit congé, mais rentrèrent à Haworth très fatiguées. Elles furent vite reprises par les soucis habituels, et peu après, Charlotte raconte dans une lettre qu'elle est fort inquiète du sort de son frère Branwell. Le malheureux s'affaiblissait, en effet, de plus en plus, et les docteurs n'avaient pas su se rendre compte de la gravité de son état. Cependant la fin approchait rapidement; Branwell mourut le 24 septembre 1848.

Pendant les dernières heures de sa vie, de meilleurs sentiments avaient rempli son âme ; il s'était montré affectueux avec tous les siens. Cette mort fut pour Charlotte un bien grand chagrin. Son frère, cependant, avait totalement manqué à tous ses devoirs envers sa famille, mais ses torts étaient oubliés, on ne se souvenait que de ses malheurs.

CHAPITRE VI

NOUVEAUX DEUILS

La mort de Branwell devait marquer, pour la famille Bronté, le commencement d'une période bien douloureuse. Émilie, qui s'était jusque-là bien portée, commença à s'affaiblir visiblement. «Elle n'avait jamais été lente pour quoi que ce fût, dit Charlotte, elle ne le fut pas davantage à ce moment-là; au contraire, elle semblait avoir hâte de nous quitter.» Dès le mois de novembre 1848, Charlotte la jugeait gravement malade; plusieurs fois déjà, elle s'était dit qu'Émilie ne se remettrait jamais, puis avait repoussé cette idée avec horreur, car il lui semblait que sa sœur était tout ce qu'elle avait de plus cher au monde. On avait appelé un médecin: Émilie n'avait pas voulu le voir et refusait de prendre les remèdes envoyés par lui, car elle n'admettait pas qu'elle fût dangereusement malade.

Cependant, à dater de la mort de Branwell, elle ne quitta plus la maison. Toujours énergique, elle n'abandonnait aucun devoir, ne se plaignait jamais, n'aimait pas qu'on s'informât de sa santé, semblant repousser toute sympathie. Bien souvent Charlotte et Anne posèrent leur ouvrage pour écouter sa respiration pénible, sa marche hésitante, ses fréquents arrêts quand elle montait l'escalier, et n'osèrent pas se dire qu'elle dépérissait, ce qui devenait pourtant de jour en jour plus évident.

«Je me porte bien, moi, disait Charlotte pendant cette pénible période; c'est bien heureux, car Émilie s'affaisse de plus en plus, et Anne, avec la meilleure volonté du monde, est trop délicate pour pouvoir se rendre très utile. Elle aussi a souvent mal au côté.»

Charlotte écrivit à un médecin, à l'insu de sa sœur, et lui dépeignit aussi fidèlement que possible l'état de la malade. Le médecin conseilla un remède, mais Émilie, selon son habitude, refusa de le prendre. Elle s'affaiblissait de jour en jour, ne s'intéressait plus à rien, mais voulait cependant conserver ses habitudes d'indépendance.

Un matin de décembre, Émilie se leva, s'habilla toute seule, en s'arrêtant bien souvent, il est vrai; puis elle prit son ouvrage; mais sa respiration haletante et l'étrange expression de ses yeux ne disaient que trop ce que personne n'avait encore voulu s'avouer. Charlotte et Anne, en la voyant s'occuper, avaient eu un moment d'espoir; mais vers le milieu de la journée, l'état d'Émilie s'aggrava sensiblement, sa voix haletante n'était plus qu'un murmure.

Elle dit à Charlotte, alórs que tous les soins étaient inutiles: « A présent, si on fait chercher un médecin, je veux bien le voir. » ... Elle mourut vers deux heures.

«Nous avons enseveli hier son pauvre corps sous le pavé de l'église, écrivait Charlotte quelques jours après. Nous sommes très calmes, maintenant. Pourquoi ne le serions-nous pas, du reste? L'angoisse que nous causaient ses souffrances, le spectacle de la mort, l'enterrement, tout est fini. Nous sentons qu'elle est en paix. Inutile à l'avenir de trembler, quand il y aura une forte gelée ou un vent violent: Émilie ne les sentira plus... Dieu me soutient d'une façon qui me surprend.»

Détail touchant: quand le vieux père et les deux filles qui lui restaient accompagnèrent le cercueil jusqu'à la tombe, le chien fidèle d'Émilie les rejoignit. Il entra dans l'église, y resta parfaitement tranquille pendant la cérémonie funèbre, puis, en rentrant à la maison, il se coucha devant la porte de la chambre d'Émilie et y resta plusieurs jours à hurler lamentablement.

La période des chagrins n'était pas finie pour la famille Brontë. Dès le mois de janvier 1849, Anne, dont la santé n'avait jamais été bien forte, commençait, elle aussi, à s'affaiblir ; la nuit, elle avait une toux des plus pénibles, elle souffrait de douleurs au côté, mais, à l'encontre d'Émilie, elle consentait à se laisser soigner et prenait docilement tous les remèdes ordonnés.

Charlotte ne s'occupait plus que de sa sœur et observait avec tristesse une foule de symptômes inquiétants.

« J'évite, disait-elle, de songer soit au passé, soit à l'avenir; mon devoir présent m'est bien clairement tracé, et tout ce que je demande à Dieu, c'est la force nécessaire pour l'accomplir. »

L'état de la malade resta stationnaire pendant plusieurs mois. Toujours faible, toujours tourmentée par de violents accès de toux, elle était cependant d'une patience et d'une douceur remarquables. Elle ne repoussait pas, comme Émilie, la sympathie qu'on voulait lui témoigner, et chargeait toujours Charlotte de ses remercîments pour les personnes qui lui envoyaient des messages affectueux.

Dans le courant de sa maladie, elle composa une pièce de vers, montrant bien sa parfaite résignation. En voici un fragment:

« J'espérais que mon lot se trouverait parmi les vaillants, que je pourrais travailler avec ceux qui sont laborieux, travailler dans une intention pure, avec un but élevé.

« Mais Dieu en a décidé autrement, et ce qu'Il a voulu est bon pour moi. Je l'ai dit du fond de mon cœur qui saigne encore, je l'ai dit dès que j'ai commencé à souffrir... O Dieu, ils ne seront pas perdus, ces jours de souffrance; elles ne seront pas inutiles, ces nuits d'angoisse, si j'apprends à me tourner vers toi. »

. . . .

Charlotte se proposait toujours d'emmener sa sœur aux bains de mer. Quand arriva le mois de mai, elle avait repris un peu d'espoir et se disait que, puisque la malade avait résisté pendant tout l'hiver, elle pouvait résister encore. On retint deux chambres à Scarborough, où Anne s'était rendue autrefois avec la famille qui l'avait prise comme institutrice. C'était une bien grosse dépense que ce séjour au bord de la mer ; mais pour sauver sa sœur, Charlotte aurait fait volontiers n'importe quel sacrifice. Le mercredi 23 mai, jour fixé pour le départ, Anne était trop souffrante pour se mettre en route ; il fallut attendre au lendemain. Après un voyage qui fatigua beaucoup la malade, les deux sœurs arrivèrent, le vendredi 25, à Scarborough, où une de leurs amies était venue les rejoindre. Le samedi, Anne put faire une petite promenade, et le dimanche matin elle avait l'ambition d'assister au service divin, mais sa sœur l'en dissuada ; c'eût été trop pour elle.

Dans la soirée, elle parla à plusieurs reprises d'un sujet qui la tourmentait évidemment beaucoup: ne ferait-elle pas mieux de retourner chez son père? Elle savait bien, disait-elle, qu'elle n'avait plus longtemps à vivre: malheureusement elle ne se trompait pas.

Le lendemain, elle voulut voir un médecin et avec le plus grand calme pria celui-ci de lui dire toute la vérité: combien de jours avait-elle encore à vivre? Il pouvait parler, elle n'avait pas peur de mourir. Le docteur dut convenir que la fin approchait, et elle le remercia de sa sincérité.

Oui, la fin approchait en effet; Anne ne devait pas même vivre jusqu'au soir. Elle mourut douce et paisible, en répétant à sa sœur: «Prends courage, Charlotte, prends courage!» Charlotte écrivit aussitôt à son père; mais comme elle savait qu'on aurait besoin de lui à Haworth le mercredi, elle eut le courage de s'occuper elle-même de tous les préparatifs de l'enterrement, afin de pouvoir dire à M. Bronté qu'il était inutile de venir la rejoindre, puisqu'il ne pourrait pas arriver à temps pour la cérémonie.

Le pauvre père ne voulut pas permettre à Charlotte de revenir tout de suite auprès de lui. Il la supplia de passer encore quelques semaines au bord de la mer avec son amie, qui était toute prête à rester avec elle autant qu'il le faudrait. Charlotte prolongea donc son séjour, pensant qu'il était de son devoir de reprendre des forces, et quand elle alla retrouver son père, au mois de juillet, pour la première fois de sa vie une arrivée à la maison lui parut une bien terrible épreuve. Il fallut se remettre à tous les devoirs de la vie ordinaire, et ce fut alors qu'elle se trouva vraiment seule, qu'elle se rendit compte de l'étendue de son chagrin.

« Quand je me réveille, écrivait-elle, quand je sens ma solitude, et que je me dis que les souvenirs seront ma seule société pendant toute la journée, qu'ils m'accompagneront quand je me coucherai et m'empêcheront de dormir, que je les retrouverai le lendemain matin..... alors j'ai le cœur bien gros. Mais je ne suis pas écrasée, ni privée d'espoir, ni même d'un certain esprit d'entreprise. J'ai encore de la force pour combattre dans la bataille de la vie; je sais qu'il me reste bien des grâces, bien des bénédictions. Aussi je puis *continuer*. Mais je souhaite du fond du cœur qu'aucun de ceux que j'aime ne soit jamais placé dans la situation où je me trouve maintenant! Rester seule dans une chambre à n'entendre que le bruit de la pendule, et se rappeler l'an dernier, avec ses souffrances et ses pertes... c'est une terrible épreuve.»

C'est ainsi que Charlotte dépeignait sa vie. Elle avait, ajoutait-elle, écrit franchement ce qu'elle pensait, et priait son amie de ne pas s'alarmer, et surtout de ne pas la croire plus mauvaise qu'elle ne l'était en réalité. Elle ne voulait ni perdre courage, ni abandonner l'œuvre qu'elle avait entreprise; aussi, dès que cela lui fut possible, se remit-elle à écrire.

Chapitre VII

SHIRLEY

Aussitôt après la publication de *Jane Eyre*, Charlotte avait commencé un nouveau roman intitulé *Shirley*. Elle voulait décrire des scènes vraies, faire revivre des incidents dont elle avait été témoin, tracer des portraits de personnages connus d'elle, et se disait que si elle plaçait toutes ces réalités dans un cadre absolument fictif, nul ne pourrait se reconnaître et crier à la satire. Mais en cela elle se trompait; ses personnages étaient trop vivants pour que les originaux ne se reconnussent pas dans les portraits qu'elle a composés.

L'héroïne de ce roman, *Shirley Keeldar*, est, paraît-il, un portrait d'Émilie Bronté. L'auteur place Shirley dans un milieu qu'elle imagine de point en point, et la vie de la riche héritière, vivant seule avec son institutrice dans un beau domaine où elle est reine et maîtresse, ne rappelle en rien l'existence de la fille d'un pauvre pasteur de campagne, mais il y a quand même beaucoup d'analogie entre les deux caractères. Comme Shirley, Émilie aimait à s'installer sur le tapis, pour lire, le bras passé autour du cou de son gros bouledogue. Comme Shirley, elle fut mordue un jour par un chien inconnu, auquel elle avait voulu donner à boire. Sans pousser un cri, sans dire un mot de son aventure, Émilie alla chercher un fer à repasser, le fit chauffer au rouge, l'appliqua sur la blessure et ne parla de l'accident à sa famille que longtemps après, quand tout danger eut disparu. On a beaucoup admiré le chapitre de *Shirley*, où l'héroïne, placée dans les mêmes circonstances, fait preuve d'un courage semblable, et l'on ne s'est pas douté que ces quelques pages étaient le récit d'un fait réel.

La plupart des personnages du roman sont, eux aussi, des portraits d'après nature. Quelques-uns d'entre eux, fort indignés tout d'abord de ce qu'on les eût tournés en ridicule, se sont amusés, par la suite, à adopter les noms qu'ils portent dans le livre.

De bien cruels chagrins vinrent assaillir Miss Bronté pendant qu'elle écrivait *Shirley*. Branwell, Émilie et Anne moururent avant qu'elle eût fini le second volume; aussi, le premier chapitre qu'elle écrivit après une longue interruption est-il intitulé: *La Vallée de l'ombre de la mort*. Les pénibles moments traversés par ceux qui soignent un malade bien-aimé y sont décrits avec une telle émotion que le lecteur se dit: Voilà des *choses vécues*.

« On a pu, écrit l'auteur, veiller et prier toute la nuit, adresser à Dieu de muettes supplications : Épargne mon bien-aimé, celui qui est ma vie. Dieu du ciel, entends-moi, sois miséricordieux !... Puis, après ces appels, cette lutte avec Dieu, le soleil se lève et n'éclaire que la défaite du suppliant. Les chères lèvres froides et décolorées murmurent : « Oh ! j'ai passé une mauvaise nuit ! Ce matin, je me sens plus malade. Je ne peux plus me soulever. J'ai eu de si vilains rêves ! » On s'approche de l'oreiller, on voit une expression nouvelle et bien étrange sur les traits chéris, et on sent que la fin est proche, que Dieu va bientôt enlever l'idole. Alors on n'a plus qu'à courber la tête, à s'incliner sous la sentence. »

. . . .

Shirley parut le 26 octobre 1849, et Miss Bronté fut, pendant quelque temps, fort inquiète du sort réservé à son second roman. Avait-il la valeur de *Jane Eyre ?* Avait-elle su se maintenir au même niveau? Elle se flattait de l'espoir que le nouvel ouvrage n'avait absolument aucune empreinte féminine, et fut très désappointée quand on déclara dans une Revue que Currer Bell, ce mystérieux auteur, était assurément une femme. Il lui semblait toujours que les critiques jugeaient les femmes auteurs avec un mélange de dédain et d'indulgence pour leur faiblesse, et cette idée l'humiliait profondément.

Le mystère allait, du reste, être éclairci jusqu'au fond. Un habitant de Haworth, homme fort intelligent, fut frappé, à la lecture de *Shirley*, par l'exactitude des détails dans les descriptions et par l'emploi fréquent d'expressions particulières au pays. Il en conclut aussitôt que l'auteur de ce roman devait être originaire de Haworth. Mais qui donc, dans le pays, était capable d'écrire *un roman?* Il n'y avait, selon lui, que Miss Bronté. Il s'empressa de communiquer ses suppositions à un journal de Liverpool;

l'idée fit rapidement son chemin, et comme Miss Bronté passa quelques semaines à Londres, vers la fin de l'année 1849, elle fut bientôt connue d'une foule de gens.

« On parle beaucoup de *Shirley* dans les Revues, écrit-elle à ce moment-là. La meilleure critique me paraît être celle de la *Revue des Deux-Mondes*, vaste publication cosmopolite dont la direction est à Paris... Si je rencontrais Eugène Forcade, cet auteur qui a si bien compris mon ouvrage, je lui serrerais volontiers la main. »

Le séjour à Londres fatigua Charlotte. Elle aurait voulu ne pas voir beaucoup de monde, car sa vie avait été jusque-là si retirée, que les nouvelles figures lui étaient plutôt désagréables. Cependant, il fallait bien faire connaissance avec quelques auteurs; elle désirait se trouver en rapport avec ceux dont les ouvrages l'avaient intéressée, entre autres avec Thackeray, qu'elle rencontra à un dîner. Mais elle était, ce jour-là, si particulièrement lasse, qu'elle ne put guère jouir de la société du célèbre romancier, et se dit que, sans doute, il avait dû emporter d'elle une bien médiocre opinion.

Miss Martineau, qui, à cette époque, s'était déjà fait connaître par des ouvrages variés, voulut se rencontrer avec le mystérieux Currer Bell, qui lui avait envoyé *Shirley* sans faire connaître son nom, comme témoignage du plaisir qu'il avait eu à lire un de ses romans.

Des amis invitèrent les deux auteurs à prendre le thé. Miss Martineau était convaincue que Currer Bell était une femme, mais les autres membres de la société réunie ce jour-là ne savaient trop que penser, et à chaque coup de sonnette tous les regards se tournaient avec curiosité vers la porte. Enfin on annonça «*Miss Bronté*» et on vit entrer une jeune personne en grand deuil, qui parut d'abord un peu gênée au milieu de tant d'étrangers, mais qui se mit bientôt à l'aise, grâce à la cordiale réception qui lui fut faite. Miss Martineau lui plut tout de suite et devint une de ses meilleures amies.

Le secret du pseudonyme étant définitivement dévoilé, le roman faisait son chemin et les habitants de Haworth, tout fiers de compter dans leurs rangs un romancier dont on parlait *dans les Revues*, se mettaient à lire *Shirley* avec joie. Miss Brontë était fort touchée de voir combien ceux qui l'avaient connue toute enfant étaient heureux de son succès.

Elle commençait du reste à devenir une célébrité: le dimanche, les étrangers qui assistaient au service divin donnaient une petite pièce au sacristain pour qu'il la leur désignât. Les livres de Charlotte avaient donné à bien des gens l'envie de connaître le pays qu'elle décrivait si bien, et on s'était mis à faire des excursions à Haworth.

Mais Miss Brontë ne tenait nullement à être célèbre. Elle se flattait encore de l'espoir que son pseudonyme cachait son sexe à ses lecteurs; aussi fut-elle fort vexée lorsqu'elle vit, dans la *Revue d'Édimbourg* de janvier 1850, un article sur *Shirley* dû à M. Lewes, écrivain avec lequel elle avait été en correspondance. Celui-ci traitait, en effet, la littérature féminine d'une façon que Charlotte trouva peu flatteuse. Elle adressa sur-le-champ à l'auteur de l'article un billet assez laconique, où elle rééditait le mot célèbre de Voltaire: « Je puis me défendre contre mes ennemis, mais que Dieu me délivre de mes amis. — C. Bell. »

Comme elle l'expliqua plus tard à M. Lewes, ce qui l'avait tant blessée, c'est qu'on s'obstinât à la considérer non comme un *auteur*, mais toujours comme une *femme*. On ne pourrait donc jamais oublier son sexe?... Non, on ne l'oubliait pas, et l'ardent désir de Miss Bronté ne devait jamais se réaliser: elle avait une plume essentiellement féminine.

Chapitre VIII

SOLITUDE

Pendant plusieurs années, la vie de Charlotte Bronté fut calme, monotone et assez triste. Elle était, on le sait, d'une santé un peu frêle, et vivait seule avec son vieux père, qui, lui aussi, était souvent malade. Charlotte n'avait même pas la consolation de lui tenir beaucoup compagnie et de se sentir utile, car M. Bronté aimait à être seul ; il ne venait même pas prendre ses repas avec sa fille, mais se faisait servir à part dans sa chambre. Il allait voir ses paroissiens autant que cela lui était possible, mais ne demandait jamais à Charlotte de l'accompagner. Le plus souvent, il faisait des courses trop longues pour ses forces et rentrait brisé de fatigue. A huit heures, on se réunissait pour le culte, puis M. Bronté allait se coucher, ainsi que la vieille Tabby, qui, âgée alors de plus de quatre-vingts ans, n'avait pas quitté ses chers maîtres.

Mais il aurait été impossible à Charlotte de dormir d'aussi bonne heure; aussi prolongeait-elle encore longtemps sa soirée solitaire. Elle essayait de lire ou de coudre, mais ses yeux affaiblis ne lui permettaient pas de travailler bien longtemps; alors, ne pouvant plus se livrer à aucune occupation, elle s'égarait dans de longues rêveries. Puis, grâce à l'état déplorable de tout son système nerveux surexcité, elle s'imaginait entendre dans le bruit du vent des cris, des sanglots, des appels de ceux qu'elle avait perdus et qui voulaient rentrer dans la maison. On peut aisément se figurer à quel point un pareil état de choses était funeste pour une santé aussi délicate.

Pendant cette triste période, elle fit connaissance avec des personnes fort aimables, les Shuttleworth, qui lui témoignèrent beaucoup d'intérêt, mais qui demeuraient trop loin pour qu'elle pût les voir souvent. Cependant, elle passa chez ces amis quelques semaines paisibles qui lui firent grand bien, et ils l'engagèrent vivement à venir les voir à Londres. « Mais, disait-elle, cette invitation, qui, j'en suis sûre, ravirait beaucoup de gens, me fait, à moi, une peur horrible! »

Elle fut presque contente que l'état de sa santé ne lui permît pas ce voyage : « J'aimerais autant marcher sur des socs de charrue chauffés au rouge! » déclarait-elle, non sans quelque exagération.

Du reste, à ce moment-là, Charlotte n'était pas la seule malade au presbytère: son père et Martha, la jeune servante qui secondait Tabby, souffraient tous deux beaucoup d'une mauvaise fièvre due, sans doute, aux émanations malsaines du cimetière voisin.

Le voyage à Londres eut cependant lieu au mois de juin suivant et fut pour Charlotte, en dépit de ses appréhensions, une source d'intérêts nouveaux. Elle fit la connaissance du romancier Thackeray, avec lequel elle eut vite engagé une conversation littéraire, osant même, chose remarquable, lui adresser quelques critiques sur ses œuvres.

Après le séjour à Londres, Charlotte put enfin mettre à exécution un projet formé depuis bien longtemps, et alla passer quelques jours en Écosse, ce qui fut pour elle une grande jouissance. Elle déclara aussitôt que «Londres, comparé à Édimbourg, n'était que de la prose à côté d'une poésie!»

Bien que son absence n'eût pas été longue, Miss Bronté fut charmée de se retrouver chez elle, auprès de son père, qui n'avait pas cessé de se tourmenter à son sujet, car il se figurait toujours qu'elle allait tomber malade en quelque endroit inconnu. Du reste, comme le fait remarquer Mrs. Gaskell, Charlotte avait exactement la même préoccupation à l'égard de son père et songeait sans cesse à l'état de santé de celui-ci. Tous deux exagéraient énormément l'importance de la moindre indisposition et se créaient de la sorte des sources d'inquiétudes continuelles. On peut s'expliquer cet état d'esprit chez Charlotte, en se rappelant la faiblesse de son système nerveux. Elle aurait bien voulu le dominer, mais elle sentait que, pour être toujours calme, il aurait fallu renoncer à une foule de petites démonstrations de tendresse, ce qui lui aurait été trop pénible.

Quoique son père n'aimât pas à la sentir loin de lui, il voulait cependant lui procurer des distractions et l'engagea vivement à faire quelques visites chez des amis. C'était un vrai plaisir pour Charlotte de sortir parfois de la vie monotone qu'elle menait au presbytère, mais elle ne restait jamais longtemps absente: elle sentait que sa place était auprès de son père. Du reste, une fois installée dans sa retraite, pourvu qu'elle eût le temps de lire et surtout d'écrire, elle était satisfaite: ses goûts ont toujours été des plus paisibles.

«Elle ressemble à sa *Jane Eyre*, racontait une personne qui fit sa connaissance à ce moment-là. Elle est toute petite, èt va et vient sans faire le moindre bruit. On la prendrait pour un petit oiseau, si ce n'est que les oiseaux sont toujours joyeux, et il semble, au contraire, que la joie n'ait jamais pu entrer dans cette vieille maison depuis qu'on l'a construite. Il est triste de voir cette petite créature enfermée dans ce tombeau, surtout quand on sait combien elle est vivante *en dedans*.....»

Charlotte sut mettre à profit ce temps de réclusion et commença à écrire un roman intitulé *Villette*, tout différent, comme sujet et comme cadre, de ses œuvres précédentes;

car elle se sert dans ce récit des souvenirs de sa vie à Bruxelles, et des observations qu'elle avait faites sur ce qu'elle croyait être le caractère français. Cet ouvrage est peut-être plus savamment composé que *Shirley* ou *Jane Eyre*, mais il n'offre pas le même intérêt : rien n'a l'air aussi réel, aussi vivant. Pendant qu'elle écrivait *Villette*, c'était pour elle une véritable tristesse de ne pouvoir soumettre son travail à l'appréciation de personne, comme elle l'avait fait pour *Jane Eyre* et pour les deux tiers de *Shirley*. Aussi ce fut avec un empressement en quelque sorte fiévreux qu'elle rassembla les articles de revues où l'on parlait de son livre, et qu'elle pria ses amis de lui donner bien franchement leur avis. Elle voulait de la franchise, disait-elle, et cependant elle fut profondément peinée par l'article de Miss Martineau, dans le *Daily News*, et par une lettre contenant quelques critiques que Charlotte trouva fort injustes. Mais, comme le fait remarquer Mrs. Gaskell, quand on est auteur, on croit toujours qu'on supportera le blâme avec le plus grand sang-froid, et, si le blâme arrive, on est blessé. Ainsi, lorsqu'on se permit de critiquer certains passages de *Jane Eyre* et qu'un homme de lettres dit à Miss Bronté: «Mademoiselle, nous avons écrit de bien mauvais livres, vous et moi!» elle prit au sérieux cette plaisanterie peu spirituelle et en ressentit un vif chagrin. Il fallut même, tant sa conscience était tourmentée, qu'elle écrivît à une amie pour savoir si *Jane Eyre* était vraiment bien mauvais!

Mais *Villette*, qui parut en 1853, devait être le dernier succès littéraire de Currer Bell. Charlotte n'écrivit plus rien après cet ouvrage et continua à mener, auprès de son père, la même vie simple et triste faite de soins assidus et de petits sacrifices. «Certes, écrivait-elle à Mrs. Gaskell, qui l'avait invitée à venir passer quelques jours auprès d'elle, si quelque chose pouvait me décider à m'absenter, ce serait l'idée de vous revoir, de causer un peu avec vous, mais je ne m'en irai pas! »

L'hiver était toujours pour Charlotte une période très pénible à traverser. Elle était sujette aux maux de gorge et aux points de côté, et souffrait d'une oppression fort douloureuse dès qu'elle se trouvait au contact de l'air froid. Aussi, la plupart du temps lui était-il impossible de prendre le moindre exercice, de faire les quelques pas qui lui auraient donné un peu d'appétit et qui, en tous cas, auraient été un bon moyen de changer le cours de ses idées. Ces longues semaines de réclusion influaient péniblement sur son esprit.

Un détail montrera à quel point son système nerveux était ébranlé. On ne peut s'imaginer quel chagrin lui fit, à cette époque, un événement qui semble cependant de bien peu d'importance : la mort de *Keeper*, le vieux chien d'Émilie. Charlotte déclare qu'elle n'aurait jamais eu le courage de l'achever, et le pleure comme un fidèle ami.

On l'ensevelit dans le jardin, on trouve que sa mort fait un grand vide: il semblait à Charlotte qu'elle voyait disparaître avec ce chien de précieux souvenirs du passé.

Chapitre IX

CHANGEMENTS

La vie de Charlotte s'écoulait donc triste et solitaire. Sa correspondance, pendant toute l'année 1852, ne parle que de fréquentes indispositions, entravant toujours les projets qu'elle se permettait encore de former de temps à autre. Il avait fallu renoncer à ces courts séjours à Londres, qu'elle aimait tant, pendant lesquels elle faisait, pour ainsi dire, provision de choses intéressantes, d'idées nouvelles. Mais ce n'étaient encore là que de petits sacrifices;

elle allait être appelée à en faire un beaucoup plus grand.

M. Nicholls, qui était depuis bien longtemps pasteur suffragant à Haworth, s'était profondément attaché à Miss Bronté, qu'il avait connue toute jeune fille. Ce n'était pas à cause de ses succès littéraires qu'elle lui avait plu : en règle générale, il appréciait peu les femmes auteurs. Mais il avait pu voir avec quel dévouement elle remplissait ses devoirs de fille et de sœur, et cette nature simple et droite, absolument dépourvue d'égoïsme, avait fait sa conquête. M. Nicholls était un homme grave, réservé, consciencieux, d'une piété sincère, c'était du fond du cœur qu'il aimait Miss Bronté.

Un soir, il était venu prendre le thé, et Charlotte, l'ayant laissé dans le cabinet de son père, était retournée au salon, comme elle le faisait toujours. Tout à coup, la porte s'ouvre, M. Nicholls entre : « Je compris aussitôt de quoi il s'agissait, raconte Charlotte dans une lettre à une amie. Il se tint debout devant moi, et vous pouvez vous imaginer en quels termes il me parla; mais je ne pourrais vous expliquer l'impression que je ressentis. Il me fit comprendre, pour la première fois de ma vie, combien il doit être dur à un homme de déclarer son affection, quand il n'est pas sûr de la réponse qu'il obtiendra. Cela me troublait énormément de le voir ainsi, tout tremblant, tout ému, lui d'ordinaire si grave, si calme. Je ne pus que le supplier de me laisser seule, en promettant de lui répondre le lendemain. »

Charlotte alla immédiatement raconter à son père ce qui s'était passé. Mais la perspective du mariage de sa fille ne souriait nullement à M. Bronté; il ne pouvait pas supporter l'idée de la voir unie à M. Nicholls. Charlotte, redoutant par-dessus tout pour son père les suites d'une violente émotion, se hâta de lui promettre que, dès le lendemain, elle donnerait une réponse négative. Elle ne songea pas un instant à l'importance du sacrifice qu'elle s'imposait ainsi; elle ne désirait qu'une chose: éviter un chagrin à son père.

M. Nicholls, se voyant rejeté, quitta peu après l'église de Haworth. Charlotte ne laissa pas échapper une plainte, pas même un seul mot amer; mais, au fond du cœur, elle était profondément peinée de la façon dont son père avait jugé l'homme si bon et si sérieux qui s'était attaché à elle.

Ce chagrin n'eut cependant pas d'influence sérieuse sur sa santé, comme on aurait pu le craindre. Au commencement de 1853, elle se sentit assez bien pour aller faire un séjour à Londres chez des amis, et se mit en route sans trop d'inquiétude pour M. Bronté, qui se portait mieux qu'à l'ordinaire. Charlotte fut, comme toujours, fort occupée avec ses éditeurs. Son roman *Villette* allait paraître; elle eut les épreuves à corriger. Puis, comme les choses l'intéressaient en général beaucoup plus que les personnes, et que, comme elle le disait elle-même, elle voulait voir le côté *réel* de la vie plutôt que le côté *décoratif*, elle alla visiter, autant que cela lui fut possible, des hôpitaux et des prisons. Ces établissements firent sur son esprit une impression profonde: si elle avait pu écrire un autre livre, assurément elle en aurait placé la scène dans une prison ou dans un hôpital de Londres, tant elle avait été frappée par tout ce qu'elle y avait vu.

Elle ne fit guère de nouvelles connaissances; sa timidité avait encore augmenté grâce à la solitude dans laquelle elle vivait, et il lui était désagréable de rencontrer des personnes inconnues. Il lui semblait toujours qu'on allait la trouver laide et ridicule, et cette terreur nerveuse lui ôtait absolument tous ses moyens. « J'ai remarqué, disait-elle, que, quand un étranger m'a vue, il prend soin de ne plus jamais regarder du côté de la pièce où je me trouve. » Rien n'était plus faux du reste, car, pour ne citer qu'un cas, deux messieurs qui firent sa connaissance à cette époque trouvèrent tant de charmes au son de sa voix, à son regard intelligent, à ses manières douces et timides, que la vue de la femme fit évanouir tous les préjugés qu'ils avaient conçus au sujet de l'auteur.

Il y avait en tout cas quelqu'un à qui elle n'avait pas cessé de plaire: M. Nicholls n'avait nullement renoncé à l'idée d'épouser Charlotte, car il espérait, tôt ou tard, pouvoir vaincre la résistance paternelle. Au mois d'avril 1854, il renouvela sa proposition. Or, comme l'opinion de M. Bronté au sujet du mariage de sa fille s'était complètement modifiée, comme il s'était fait peu à peu à l'idée de lui voir épouser M. Nicholls, il donna son consentement.

On décida que M. Nicholls viendrait reprendre son poste de suffragant à Haworth, dès que celui qui l'avait remplacé aurait trouvé une autre position. Bien entendu, Charlotte et son mari n'abandonneraient pas le vieillard, mais viendraient vivre avec lui au presbytère, car M. Nicholls était resté le fidèle ami du vieux pasteur, et voulait lui rendre aussi douces que possible les quelques années qui lui restaient encore à passer sur la terre.

Charlotte était profondément heureuse, surtout parce qu'elle pouvait se dire que son père considérait avec un vrai plaisir les préparatifs du mariage. Elle dut se borner, en fait de vêtements, à des achats bien modestes, fit repeindre et retapisser quelques pièces du presbytère, et sut transformer une petite chambre de débarras en un cabinet de travail pour M. Nicholls. Comme toujours, elle songeait avant tout au bien-être des autres.

Le mariage eut lieu le 29 juin. Tout était prêt, la cérémonie était réglée dans ses moindres détails, quand M. Brontë annonça subitement son intention de ne pas y assister. Or, il ne devait y avoir à l'église que les mariés, le pasteur, la demoiselle d'honneur et Miss W..., la fidèle amie. Grave difficulté! Qui allait conduire la mariée et la *donner*, comme l'exige la liturgie anglicane? On se rapporta au livre de prières qui dit que cè doit être *the father or a friend,* sans indication du sexe[1], et Miss W... voulut bien se charger de conduire son ancienne élève.

Charlotte était fort pâle ce jour-là, et l'on trouva que dans ses vêtements blancs elle ressemblait à... un perce-neige.

M. et Mme Nicholls allèrent faire un petit séjour en Irlande. Le pays enchanta Charlotte, qui ne se doutait pas, disait-elle, qu'il pût y avoir quelque part d'aussi belles vues. Elle était profondément heureuse, et quand, après une courte absence, elle se retrouva à Haworth auprès de son père, qu'elle se rendit compte à quel point la présence de son mari soulageait le vieillard dans sa tâche, elle sentit son cœur se remplir de reconnaissance envers Dieu.

[1] Le mot *friend*, ami, est en anglais des deux genres.

CONCLUSION

Mais les voies de Dieu ne sont pas nos voies! Charlotte jouissait de la vie paisible qu'elle menait au presbytère. On avait offert à M. Nicholls une cure assez importante, mais il l'avait refusée, sentant qu'il était de son devoir de rester auprès de son beau-père. Cependant, depuis quelques mois, la santé du vieillard semblait plutôt s'être améliorée; on pouvait espérer un peu de bonheur,

Le 29 novembre, Charlotte était allée faire une promenade avec son mari; le temps se gâta, et la course s'acheva sous une pluie torrentielle. Charlotte rentra chez elle frissonnante et conserva depuis ce jour une sorte de rhume chronique, accompagné de mal de gorge, qui l'affaiblit beaucoup et la rendit encore plus pâle et plus maigre. Au mois de janvier 1856, M. et Mme Nicholls allèrent passer quelques jours chez des amis, et Charlotte augmenta son rhume en faisant une assez longue course par un temps fort humide. Peu après son retour à Haworth, elle s'affaiblit tellement que son mari voulut consulter un médecin, bien qu'elle n'en eût aucune envie. Le médecin attribua ses malaises à une cause toute naturelle et lui donna l'espoir d'une prochaine maternité: un peu de patience et tout irait bien... De la patience! ce n'était certes pas ce qui manquait à Charlotte; elle supportait courageusement son triste état de santé. Mais bientôt elle ne put plus manger, la vue seule des aliments qu'on essayait de lui faire prendre la dégoûtait.

La vieille Tabby, la fidèle servante, mourut pendant cette triste période, ce qui fut pour Charlotte un grand chagrin. « Je sais que je serai heureuse... plus tard, disait-elle; mais, pour le moment, je me sens si malade, si faible ! » Bientôt elle ne quitta plus son lit et eut juste la force d'écrire deux billets au crayon dans lesquels elle raconte avec quel dévouement et quelle tendresse son mari la soigne.

Elle languit encore quelque temps. Puis, vers la troisième semaine de mars, un changement se produisit: elle fut désormais en proie à un délire continuel, et se mit à réclamer sans cesse de la nourriture et même des stimulants.

Pendant un de ses moments lucides, en voyant tout près d'elle le visage bouleversé de son mari, elle murmura : « Oh ! je ne vais pas mourir, n'est-ce pas ? Dieu ne veut pas nous séparer, nous étions si heureux ! »

Ce furent ses dernières paroles : le 31 mars, au matin, la cloche de Haworth sonnait le glas et apprenait aux habitants du village la perte qu'ils venaient de faire.

Quoique le chagrin causé par la mort de Charlotte fût général dans le village, les assistants à ses funérailles étaient cependant en bien petit nombre. Son père et son mari, accablés par la douleur, ne se souciaient pas qu'on y vînt en foule, et ne convoquèrent qu'une seule personne dans chaque famille.

Ce fut pour bien des gens une vraie douleur de ne pouvoir accompagner à sa dernière demeure celle qu'ils avaient vue sortir de l'église dans sa toilette blanche si peu de mois auparavant. Une jeune aveugle qui demeurait à quatre milles de Haworth supplia en pleurant qu'on la conduisît à la cérémonie, et fit courageusement la longue course, tant elle tenait à entendre les paroles solennelles qui seraient prononcées près de la tombe.

. . . .

Telle fut la vie de Charlotte Bronté. Puisse cette étude bien rapide mettre suffisamment en relief les traits caractéristiques de cette nature de femme! Absolument dépourvue de tout égoïsme, Charlotte a toujours songé en premier lieu au bonheur de ceux qui l'entouraient. Elle eut bien des chagrins, elle fut cruellement frappée dans ses affections; ce fut avec douceur et soumission qu'elle supporta les épreuves. Elle était pauvre, elle dut travailler pour ne pas être à charge à sa famille; elle accomplit toujours courageusement cette tâche souvent fort ingrate.

Son œuvre littéraire a été critiquée très diversement, et il est de mode aujourd'hui, en Angleterre, d'exalter le talent d'Émilie aux dépens de celui de Charlotte. Mais ce qu'on ne peut refuser à l'auteur de *Jane Eyre*, c'est le don de la vie, c'est une originalité qui la met bien au-dessus de l'ordinaire et surabondante romancière anglo-saxonne. On peut regretter que, dans son désir de donner le change sur son sexe, Charlotte Bronté ne se soit pas appliquée davantage à développer le côté féminin de son talent: les scènes de la vie intime où elle rend si bien la fine psychologie de l'enfant et de la jeune fille.

Ses caractères masculins, moins bien réussis que ceux des héroïnes, ont presque tous quelque chose de bizarre et d'outré: ceci s'explique peut-être par le fait que, dans sa vie si retirée, la jeune fille n'a pu observer de près que deux hommes, son père et son malheureux frère, qui, chacun dans son genre, sortaient de la commune moyenne. Cette existence austère de fille d'un pasteur de campagne, où a manqué dès l'enfance l'influence maternelle, fait aussi comprendre un certain manque de délicatesse que l'on reproche à *Jane Eyre*. Cette critique surprit et blessa l'auteur, qui avait écrit en toute sincérité un livre honnête, sans songer un instant à un succès de scandale. La belle scène de la fuite nocturne de la pauvre fiancée de la veille, ce triomphe du devoir sur la passion, l'admiration évidente de l'écrivain pour le sévère pasteur Rivers montrent quelle a été l'idée dominante de Charlotte Bronté : faire une œuvre moralisatrice en inspirant au lecteur des idées saines et généreuses.

En un mot, Charlotte Bronté a été une femme de bien. Cet éloge-là ne résume-t-il pas tous les autres?

TABLE DES MATIÈRES

Imprimerie alsacienne anct G. Fischbach, Strasbourg. — 4380

www.ingramcontent.com/pod-product-compliance
Ingram Content Group UK Ltd.
Pitfield, Milton Keynes, MK11 3LW, UK
UKHW021937200726
13855UKWH00007B/884